激浪红心

编　文　　徐汇区服务公司工人业余写作组

绘　画　　本社美术通讯员

上海人民美术出版社

连环画文化魅力的断想
（代序）

2004年岁尾，以顾炳鑫先生绘制的连环画佳作《渡江侦察记》为代表的6种32开精装本问世后，迅速引起行家的关注和读者的厚爱，销售情况火爆，这一情景在寒冷冬季来临的日子里，像一团热火温暖着我们出版人的心。从表面上看，这次出书，出版社方面做了精心策划，图书制作精良和限量印刷也起到了一定的作用。但我体会这仍然是连环画的文化魅力影响着我们出版工作的结果。

连环画的文化魅力是什么？我们可能很难用一句话来解释。在新中国连环画发展过程中，人们过去最关心的现象是名家名作和它的阅读传播能力，很少去注意它已经形成的文化魅力。以我之见，连环画的魅力就在于它的大俗大雅的文化基础。今天当我们与连环画发展高峰期有了一定的时间距离时，就更清醒地认识到，连环画既是寻常百姓人家的阅读载体，又是中国绘画艺术殿堂中的一块瑰宝，把大俗的需求和大雅的创意如此和谐美妙地结合在一起，堪称文化上的"绝配"。来自民间，盛于社会，又汇入大江。我现在常把连环画的发展过程认定是一种民族大众文化形式的发展过程，也是一种真正"国粹"文化的形成过程。试想一下，当连环画爱好者和艺术大师们的心绪都沉浸在用线条、水墨以及色彩组成的一幅幅图画里，大家不分你我长幼地用相通语言在另一个天境里进行交流时，那是多么动人的场面。

今天，我们再一次体会到了这种欢悦气氛，我们出版工作者也为之触动了，连环画的文化魅力，将成为我们出版工作的精神支柱。我向所有读者表达我们的谢意时，也表示我们要继续做好我们的出版事业，让这种欢悦的气氛长驻人间。

感谢这么好的连环画！

感谢连环画的爱好者们！

上海人民美术出版社社长 李新

2005年1月6日

【内容提要】 本书收集了三个歌颂海港工人先进事迹的故事。《激浪红心》讲述了装卸班班长奋不顾身抢救危险品，避免了污染事故的发生。《心红似火》说的是客运站服务员魏心刚全心全意为人民服务的事迹。《宋师傅学外语》则描绘了老工人宋师傅为了更好地向外国海员宣传中国的建设成就，不畏艰难学外语的故事。

（1）初冬的拂晓，呼呼的大风夹着一阵又一阵的冷雨，更增加了几分寒意。但在码头的一处候工室里，却是热气腾腾，原来早班工人正聚在一起，认真学习文件。

（2）这时，一个头戴安全帽，穿着蓝布危险品防护服，身材魁梧的中年人，拿着一张装卸配工表，兴冲冲地向候工室走来。他就是危险品装卸班班长、共产党员冯海刚师傅。

（3）老冯一闯进门，就放开喉咙大声说："同志们，今天上级交给我们的任务，是抢卸装有一级危险品的重点舱，这是支内的紧急物资，一定要在14点前赶装上火车。"

（4）窗外风雨越来越大，船舱上雨篷也搭不上。但是，敢打硬仗的危险品装卸班的同志们，个个精神抖擞，齐口同声地说："保证完成任务！"

（5）同志们在老冯的带领下，高举红旗，冒着寒风冷雨，昂首阔步地奔赴战场。

（6）船舱里，一桶桶标着"剧毒"字样的危险品堆得高、挨得紧，人无法进去，船吊一下子发挥不了作用，工作进度很慢。而等着装货的卡车一辆接一辆地等在船边，排成了一条长蛇阵。

（7）老冯看到这种情况，马上就地召开了一个"诸葛亮"会。人人出主意，个个想办法。最后，同志们终于想出了一个好办法：用三部革新的独杆吊配合起吊。就这样，一桶桶危险品顺利地飞出舱口，稳稳地落到大卡车上。

（8）一辆装满了剧毒品的大卡车正在吃力地从浮码头往浮桥爬去。不巧，车轮在码头与浮桥之间衔接处的凹形横槽上震了一下，"嗵！嗵！嗵！"三只大铁桶从卡车上滚了下来。

（9）"不好，剧毒品要滚到江里去了！"码头边的同志们边喊边向滚动着
的铁桶奔去。

（10）这时，正在甲板上聚精会神地指挥战斗的老冯，一听到喊声，敏捷地转过身来，只见三只大铁桶骨碌碌地直往江边滚去，眼看就要掉入江中。

（11）"国家的物资不能受损失！"老冯好像离弦的箭一样从轮船的舷梯上窜了下来，伸出铁钳般的大手，一把抓住右边的一只铁桶的一端，那桶转了九十度，停住了。

（12）左边的那只铁桶又向老冯这个方向滚了过来，他就急忙用脚去挡，沉重的铁桶撞在腿上，他一个踉跄跌倒了，大铁桶被拦住了。但是，老冯的帆布工作裤已被擦破，殷红的鲜血染红了他的裤管，顿时汗珠从他脸上掉下来。

（13）老冯咬紧牙关忍住剧烈的疼痛，正要向第三只铁桶扑去的时候，"嗵隆"一声，铁桶掉进了黄浦江里。

（14）黄浦江在奔腾，大铁桶在汹涌的江水中一忽儿被浪头淹没，一忽儿又露出水面。哗哗的潮水把铁桶向江心卷去……

（15）共产党员明知惊涛骇浪险，偏向风波江上行。老冯顾不得脱掉身上的衣服，纵身跳入冰冷湍急的江水中。

（16）江面上，西北风越刮越猛，汹涌的江水咆哮着、翻腾着。老冯挥动双臂，奋力同恶浪搏斗，顽强地向铁桶划去。

（17）眼看就要抓到铁桶了，"哗啦啦！"一艘巨轮破浪而过，鼓起了排排浊浪。铁桶又被卷走了。

（18）老冯抬头看时，只见铁桶高高地从浪尖上掉下来，向停泊着的驳船冲过去。如果大铁桶被撞破，剧毒品进入黄浦江，将危及到上海几百万人民的用水！眼看铁桶距驳船只有几公尺了，老冯的心一下子收得紧紧的。

（19）这时，无数为革命事业英勇献身的英雄形象，一刹那都展现在老冯眼前，给他浑身增添了无穷无尽的力量。

（20）我是共产党员，为革命，粉身碎骨也心甘；为人民，天崩地裂志不移，一定要把剧毒品抢上来。老冯想到这里，不顾冰冷刺骨的江水，不顾腿上的伤口像刀割一样剧痛，再一次向大铁桶扑去。

（21）老冯一手搂住大铁桶，两条腿拼尽全力蹬着驳船的船舷，利用反冲力把铁桶弹了开去，终于转危为安，避免了一场严重的碰撞事故。在同志们的配合下，这个危险品铁桶被捞上岸来。

（22）冯海刚老师傅上岸后，全身青紫，四肢麻木。同志们感动极了，纷纷把自己的棉衣脱下来给老冯穿。他急切地说："不要管我，快检查一下铁桶盖子松了没有？"

（23）"没有松，我们检查过了。"大家打心眼里敬佩老冯，关切地劝他去休息。但是，老冯挺着胸膛，豪迈地走上了甲板。他对同志们说："任务一定要抢在14点以前完成，同志们！有没有信心？"

（24）"有！保证提前完成任务！"霎时，码头上的起货机又转动起来，发出隆隆的轰响，像一首奏不完的赞歌，响彻在黄浦江上空……

心红似火

（1）"挂号信！"在上海港客运站的服务处窗前，邮递员掏出一封沉甸甸的挂号信搁在服务台上。服务员一看，觉得收件人的名字很陌生。

（2）服务员请来正在值班的老师傅林山海。老林接过信一看，信封上写着：上海港客运站革委会转交魏全心同志收，内蒙古包头军分区某部李寄。老林对站里的每一个人都很熟悉，可是他想了半天，还是想不出魏全心这个人来。

（3）"咦？我们站里没有这个人啊！"老林向邮递员解释说，"我来站多年了，还没听说有叫魏全心的呢。"

（4）"请问服务员，你们站里的魏全心同志在班头上吗？"这时，窗外又传进来一阵急促的话音。"今天可怪啦！"老林寻思：一封信还没有处理好，又有人找上门了。

（5）"同志，你找错单位了吧？我们站里并没有叫魏全心的！"老林向窗外回答道。"没错！有！一定有！今儿大清早还上俺家去过哪！俺老娘就是他送去的。"对方肯定地说。

（6）老林想到客运值班记录簿里也许会有什么线索，于是拿起记录簿翻查起来。

（7）老林在值班记录簿里面找到了这么一条："23点，青岛船靠岸。旅客散后，发现一老太太携幼儿在出口僻静处焦急打转。据了解，其子周铁汉是个打铁的，单位地址在路上丢失。经向公安机关多方查询，知是上海东风钢铁厂工人。凌晨三点半陪送旅客到家……"

（8）老林看到这里，向那个皮肤黑亮、身强力壮的汉子看了一眼。只听对方操着洪亮的山东口音无限感激地说："俺72岁的老娘拖着5岁的小孙子，乍到上海，人生地不熟，要不是你们的魏全心同志全心全意关怀照应，老人家可要急出病来咯！"

（9）他抹了一下满脸的油汗，激情满怀地又畅叙了起来："俺老娘说啦，托毛主席的福，她乘着大轮船，在海上碰上大风，头也不晕啦！下船以后，遇上毛主席教导的好服务员，又平平安安到家啦！……俺太感谢你们啦！"

（10）老林听到这里，已经明白了大半：这魏全心可不就是他的徒弟魏心刚么？这孩子真是好样的，出了这个哑谜给我猜哪！

（11）站在一旁发急的服务员插进嘴来："林师傅，咱们再把挂号信拆开来看看不就清楚了吗？头几天不是包头拍加急电报来过吗？""对！"大伙都赞成这个说法。

（12）众人围看那信，只见齐齐整整地写了好多张纸："……您在客运战线上以完全、彻底为旅客服务的精神，是我们学习的榜样。我爱人张秀梅带着不满周岁的婴儿，从南通港搭船由上海中转来包头市……"读着读着，历历分明的往事涌上老林心头。

（13）那是上月底的一天下午，调度室打来一个紧急电话：通知广播台，马上放大音量连续广播，拦住一位名叫张秀梅的女旅客，叫她立刻返回南通，不要再上包头去了。她丈夫李英军拍加急电报来说，因有紧急任务，即刻离开包头……

（14）林师傅听完电话，拿起半导体喇叭就要出去。这时正要下班的魏心刚走过来，要求把拦客的任务派给他。

（15）林师傅说："不用了！今天托运任务这么繁重，你早班连着中班干，够累的了。配合广播台拦客，我自有安排。"小魏哪里肯依！林师傅话音未落，他抢过喇叭拔脚跑出去了。林师傅连忙紧跟过去。

（16）小魏登上浮桥最高处，踮起脚目不转睛地注视着正在下船的密密麻麻的旅客，一面用喇叭一遍又一遍地呼喊着。而林师傅也帮着在一旁呼叫寻找。

（17）时间一分一秒地流逝，川流不息的旅客匆匆过去。小魏望得两眼发酸，叫喊得喉咙沙哑，眼看船空客散，还是不见张秀梅的人影。

（18）"快上车站去拦！"老林与小魏几乎是同时迸发出一个共同的声音。师徒俩脚不踮地地飞奔到码头附近的电车和公共汽车站——可是仍旧扑了一个空。

（19）"马上打电话给火车站！"老林果断地指挥徒弟作战：先问开往包头的车次，再要求兄弟单位协同配合，寻找旅客。

（20）电话打通了：从上海开往包头的22次直快列车，18点正开出上海站。现在已经17点了。

（21）小魏心急如火，恨不能插翅飞到北站："林师傅！我两条腿比你利索，你守电话机掌握旅客情况，就让我单独出勤，经受一次新的锻炼吧！"

（22）"好吧！"林师傅点点头，再三关照，"小魏，可要牢记毛主席的教导，我们需要的是热烈而镇定的情绪，紧张而有秩序的工作。去吧，有什么新的情况，请随时联系。"

（23）小魏跳上自行车，飞快地踏了起来。八月的骄阳烤晒得柏油马路热气熏人，他也顾不得这些，一双粗壮的手紧握着车把，拼命地蹬着……

（24）自行车犹如长了翅膀，飞快地向北火车站方向驶去。穿过一条又一条大街和小巷，不一会，小魏来到了火车站。

（25）小魏跳下自行车，也顾不得擦一下满脸的汗水，就向车站领导讲明了来意。在车站同志的陪同下，他一节一节车厢挨次细找。

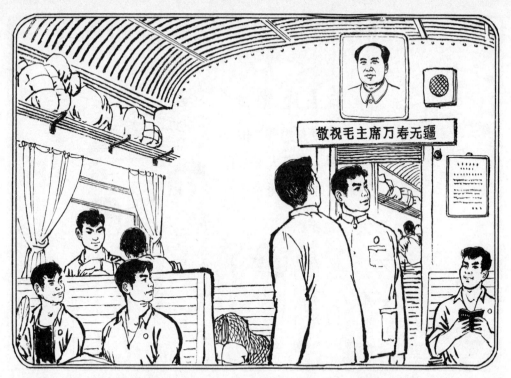

（26）　"旅客们请注意：22次直快列车离开车时间只剩十分钟……"广播喇叭洪亮的声音在小魏耳边嗡嗡轰鸣。现在全部希望都寄托在这最后一节车厢里了！

（27）"要过细地做工作。要过细，粗枝大叶不行，粗枝大叶往往搞错。"小魏凝神望着挂在面前的毛主席像，几秒钟之后情绪稳定下来。

（28）听！什么地方隐隐传来婴儿的啼哭声。小魏机警的眼光转到了一个不显眼的角落，他瞥见一个青年妇女摇晃着身子，两手轻拍着，正在哄孩子睡觉。

（29）小魏眼前顿觉一亮，急忙上前询问："同志，你是哪里人？""南通。""尊姓？""姓张。""可叫张秀梅？"对方不解地点了点头，神色局促不安起来。

（30）"你丈夫叫李英军，是吗？"女旅客被小魏这么一讲，心里慌了起来，反问道："出了什么事吗？你！……""你！你赶紧下车！我是上海港客运站的服务员。"

（31）说时迟，那时快，小魏立即为张秀梅打点起行李，边走边说明李英军拍加急电报来的事。待他们下了火车，22次直快列车就徐徐开动了。

（32）老林想到这里，眼睛里闪烁着喜悦的光芒，兴奋地说："魏全心就是魏心刚嘛！"

（33）"老师傅，让我们见见魏全心同志吧！"服务台边又来了几个人，把老林团团围住。

（34）"走！我带大伙儿找客运站的魏全心去！"老林举起右手朝前一挥道。大家跟他来到了码头。

（35）候船室里正在举办开往汉口班轮的旅客学习班。人们远远望见一个身穿白色工作服的服务员，正带领旅客学习毛主席语录。

（36）"看！这不是魏全心同志吗？他为俺老娘折腾了大半夜，今儿个精神还是那么焕发！"周铁汉冲到前面向大伙指点着。

（37）老林走到徒弟小魏身边，笑嘻嘻地说："小魏，有人找上门来感谢你啦！你看，这是谁？"一面把周铁汉拉到小魏面前。

（38）周铁汉紧紧握着小魏的手："魏全心同志，太感谢你啦！你为人民做了好事。"小魏用手指指林山海说："这点事情是我应该做的，没什么好感谢的。比起我师傅老林同志来，我做得还很不够。"

（39）在场的客运站同事和旅客，被魏心刚为人民服务的精神深深感动，一致赞扬道：林山海老师傅带出来的徒弟魏心刚，真是名副其实的魏全心，全心全意为人民服务啊！

宋师傅学外语

（1）在一间宽敞明亮的外宾接待室里，一批来自亚非拉美的国际海员会聚一堂，聆听一位老码头工人用外语讲解革命形势。这位老工人越讲越激动，海员们越听越欢喜，气氛非常热烈。

（2）这位老工人，就是共产党员宋怀宇同志，今年55岁，在码头上整整干了38年啦。说起他用外语进行宣传，还有一段生动的故事呢。

（3）那是一年以前的事了。一个春光明媚的早晨，宋师傅像往常一样，精神抖擞地走向码头，去迎接新的战斗。

（4）这时，来自海外的"格雷斯"轮随着一声汽笛长鸣靠稳在泊位上。舷梯慢慢地放了下来，从上面走下四五个外国海员。

（5）宋师傅刚要上船，外国海员把他围了起来，一个高个子海员从怀里掏出毛主席著作，一面做手势，一面向宋师傅讲起话来。

（6）宋师傅友好地点了点头，高个子海员马上把毛主席著作打开了，他一看，全是外国字，弯弯曲曲的，眼睛也看花了。正当宋师傅为难时，一个海关的同志走到他身边。

（7）海关的同志笑容满面地接过外国海员手里的毛主席著作，流利地用外语给海员讲了起来。他们一边听，一边频频点头，表示满意。

（8）下班以后，宋师傅想到早上的情景，心里怎么也平静不下来。他想：我要会外语，那该多好啊！

（9）宋师傅亲眼看到：外国海员怀着对社会主义中国的无限热爱，穿洋过海来到上海港。

（10）宋师傅亲眼看到：外国海员在房间里庄重地挂上毛主席画像，端正地贴上毛主席语录。还在船上举办学习班，孜孜不倦地学习革命真理。

（11）这一幕幕，宋师傅都看在眼里，记在心里。他感到向世界革命人民宣传中国建设的成就，宣传毛泽东思想，是我们中国工人的光荣职责。他带着这个想法来到了党委办公室。

（12）"老刘，我们工人要学外语呵！" 宋师傅把搭肩布往桌子上一放，抹一把汗水，直通通地对正在看文件的党委书记老刘说。

（13）老刘听完宋师傅的话，高兴地说："好啊，你和我想到一块儿去了。"说完把文件一放，霍地站了起来。

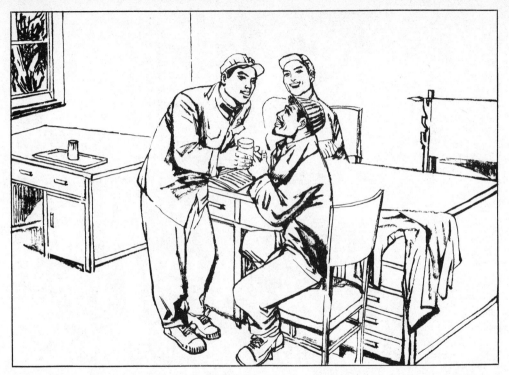

（14）老刘拉了一把椅子请宋师傅坐下，一面倒开水，一面亲切地说："老宋啊，码头工人学外语，这可是开天辟地第一回，我们一定要为毛主席争光啊！"宋师傅点点头，激动地握住了老刘的手。

（15）不几天，外语学习班办起来了。第一天开学，很多老工人拉着宋师傅的手，语重心长地说："老宋啊，你是代表我们码头工人去学外语，可要为咱们工人争口气，一定要学出个名堂来！"

（16）宋师傅没有读过书，加上年岁一大，记忆力差了，舌根不如青年人灵活，但他想到自己肩上的责任，顿时增添了无穷的力量和克服困难的勇气。

（17）外国文字不好写，宋师傅就多练，别人写一次，他写十次，为了写好一个单句，他常常练上几十遍。

（18）外国话不好读，宋师傅就多念，别人背一次，他背十次，为了读准一个单词，他常常念上几百遍。

（19）有一次，宋师傅忘了一个单词，一直等了儿子三个小时，直到儿子从学校回来告诉他才肯休息。宋师傅常说："我是在为革命学外语，半点也不能含糊。"

（20）宋师傅把整个心思都用到学习上去了。有次回家，他边走边背诵单词，嘴里念着"雷佛罗迅，雷佛罗迅（革命）"，走过了家门还不知道，直到老伴在门口叫他，他才猛然惊醒过来。

（21）老伴看着他那副神态，不解地说："你这个老头子怎么啦，口里咕噜着个啥呀，什么东西迷住了你，连自家门都认不得啦！"

（22）宋师傅跨进了家门，把包一放，嘿嘿笑了起来，响亮地说："那有啥！迷了自家门可迷不了革命的路哪！"

（23）七月的夜晚，天气十分闷热，人家乘凉，而宋师傅戴着老光眼镜在灯下一字一句地刻苦学习。蚊子不停地叮他，他顾不得去拍打一下；身上冒出的汗水，他也顾不得去多揩一把。

（24）老伴见他那个汗淋淋的样子，风趣地说："看你，好像明天就要出国似的。"一边给他打扇，一边递上毛巾，"看你，头上的汗水滴滴嗒嗒地掉下来，也不晓得揩一揩。"

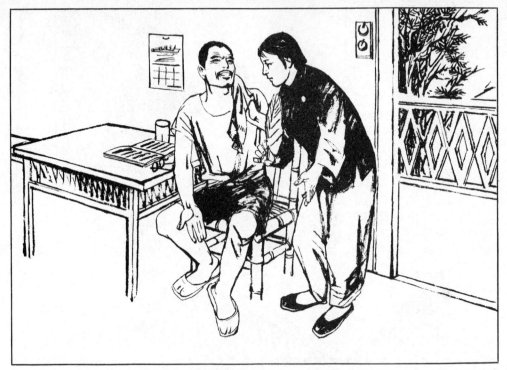

（25）宋师傅接过毛巾，一边揩汗一边说："是啊，我们中国工人不仅要想到中国革命，还要时刻想着世界革命啊！"说到这里，他指着腿上一道道又粗又长的鞭痕说，"我们不能好了伤疤忘了疼，世界上还有多少人在受苦啊！"

（26）老伴见着这条条鞭痕，一幕幕往事涌上心头：宋师傅出生在山东农村的一个贫苦农民的家庭里，15岁时为生活所迫，就到附近的一个码头上去做工。

（27）后来日子过不下去，宋师傅独身讨饭来到上海，也进了码头，干苦力活。

（28）宋师傅满以为在这么个大的上海，凭着自己一副结实的身板和粗壮的双手，总不至于连顿饱饭都吃不上。不料，天下乌鸦一般黑。他拼死拼活地干，却依然吃不饱穿不暖，受尽了资本家、包工头的欺凌和压榨。

（29）有一年的寒冬，宋师傅赤裸的双脚裂开了一条条血口子，便在码头上捡了两块破麻袋片裹在脚上。凶恶的包工头发现后，二话不说，就把他拖去吊在一棵大树上，狠狠地毒打了一顿。

（30）老伴想到这里，眼眶里充满了泪水："老头子，刚才我不该刺伤你的心。""不要紧，记住这阶级仇就行了。我们不能忘本啊！"

（31）宋师傅向老伴表示一定要迎着困难上，哪怕瘦掉几斤肉，也要为工人阶级争气，为毛主席争光，学好外语；老伴也表示决不拖后腿，全力支持。

（32）宋怀宇老师傅为革命刻苦学习，终于登上了外语宣传阵地。

（33）一年后，"格雷斯"轮又一次来到上海港。这一天，宋师傅和边防站的解放军战士，受到外国海员的邀请，登上泊在码头上的几艘外轮，用英语向外国海员讲解毛主席的对外声明。

（34）那个高个子海员一眼就认出头发花白的宋师傅，他想起一年前的事，十分惊奇地注视着宋师傅的脸。

（35）边防站的解放军战士看出高个子海员的心事，走到他面前，笑嘻嘻地说："这是我们码头工人自己的'土翻译'。"他们听后既钦佩又赞叹，一个个翘起大拇指，连声称颂："中国工人了不起！毛泽东伟大！"

图书在版编目（CIP）数据

激浪红心 ／ 徐汇区服务公司工人业余写作组编文；本社美术通讯员
绘. —上海：上海人民美术出版社，2013.6
ISBN 978-7-5322-8503-7

Ⅰ.①激… Ⅱ.①徐… ②本… Ⅲ.①连环画—作品—中国—现代
Ⅳ.①J228.4

中国版本图书馆CIP数据核字（2013）第111158号

激浪红心

| 编　　文：徐汇区服务公司工人业余写作组 |
| 绘　　画：本社美术通讯员 |
| 责任编辑：康　健 |
| 出版发行：上海人民美术出版社 |
| 　　　　　（上海长乐路672弄33号） |
| 印　　刷：上海中华商务联合印刷有限公司 |
| 开　　本：787×1092　1/32　3.375印张 |
| 版　　次：2013年7月第1版 |
| 印　　次：2013年7月第1次 |
| 印　　数：0001-3500 |
| 书　　号：ISBN 978-7-5322-8503-7 |
| 定　　价：30.00元 |

虽经多方努力，但直到本书付印之际，仍有部分作者尚未联系上。本社恳请这部分作者及其亲属见书后尽快来函来电，以便寄呈稿酬，并奉样书。